ALEXANDRA KIRSCHBAUM
GRAPHEN NEURONEN

Alexandra Kirschbaum

Graphen Neuronen

Eine Zukunfts-Geschichte

mit Illustrationen von Marcellus M. Menke

Edition HIC<

Alexandra Kirschbaum
Graphen Neuronen
Eine Zukunfts-Geschichte
Edition HIC< 2022

Illustrationen: Marcellus M. Menke nach Ideen von
Michael A. Holst und Paul Julius Kleiber.

Covergestaltung, Satz und Produktion: Creativity Cologne, Marcellus M. Menke
marcellus.m.menke@m4art.de

Bibliografische Information der Deutschen Nationalbibliothek:
Die Deutsche Nationalbibliothek verzeichnet diese Publikation in der Deutschen
Nationalbibliografie; detaillierte bibliografische Daten sind im Internet
über www.dnb.de abrufbar.

Herstellung und Verlag: BoD – Books on Demand, Norderstedt

ISBN: 9783756822324

Idee

*To fragte sich, warum es bei fast allen Systemen
in der Standardeinstellung immer das Gesicht
einer Frau war, das das Gegenüber visualisierte.*

Gespräch

Das Gespräch mit dem digitalen Assistenten war sehr unerfreulich verlaufen. To hatte sogar einige Male zur ansonsten kaum noch gebrauchten Tastatur gegriffen, und das nicht wegen eines von der Spracherkennung nicht richtig aufgelösten Sonderzeichens.

Ihm war schon klar gewesen, dass es gar nicht so einfach sein würde, dem System das Projekt zu erklären, aber, bevor er einen Förderantrag stellen konnte, brauchte er eine Kalkulation und wenn alles gut gelaufen wäre, hätte er auch schon gleich – dafür war das System ja da – eine verlässliche Prognose bekommen. Aber es war nicht gut gegangen.

Das System verstand einfach nicht, dass man auch mit Bleistift und Papier rechnen konnte. Natürlich ließen sich mit AlRith und den ganzen Tools, die sie hier im Institut entwickelt hatten, hocheffizient funktionale Algorithmen schreiben. Aber manchmal konnte man auch einfach so eine gute Idee haben. Natürlich ließen sich neue Hardware-Modelle auch auf den hochpotenten klassischen Maschinen rechnen. Die Quantenrechner hatte man anfangs ja auch auf den vorhandenen Maschinen simuliert. Aber es gab Sprunginnovationen. Etwas wirklich Neues konnte doch auch einmal ganz grundsätzlich anders sein. Dass es sich nicht auf den aktuellen Superrechnern simulieren ließ, hieß doch nicht automatisch, dass es nicht funktionieren könnte.

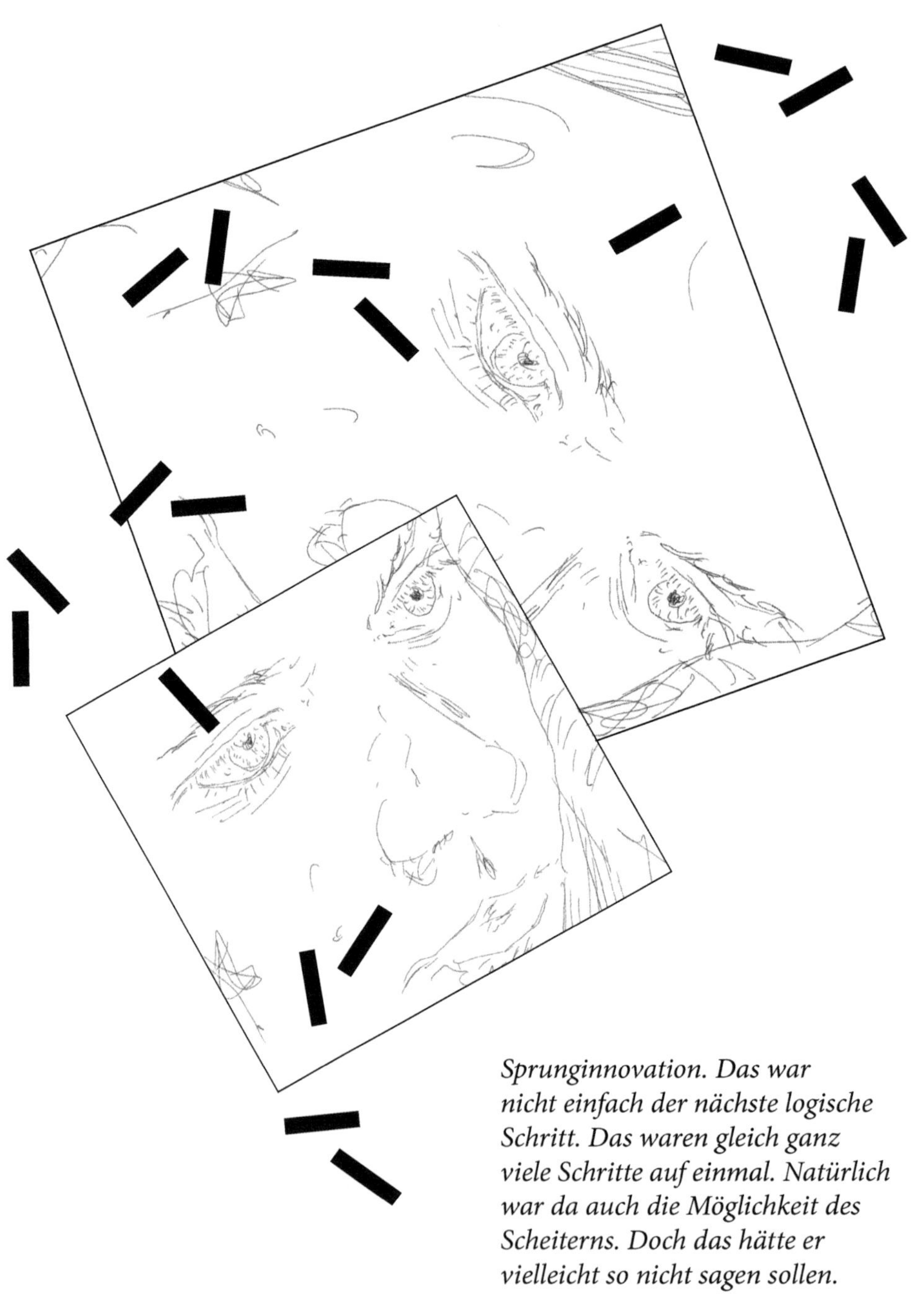

Sprunginnovation. Das war
nicht einfach der nächste logische
Schritt. Das waren gleich ganz
viele Schritte auf einmal. Natürlich
war da auch die Möglichkeit des
Scheiterns. Doch das hätte er
vielleicht so nicht sagen sollen.

Wahrscheinlich war das, was er da vorhatte, auch ein bisschen so der Versuch, ein System, das meinte für alles eine Lösung gefunden zu haben – und in gewisser Weise hatte das System ja auch für alles eine Lösung – davon zu überzeugen, dass es auch noch Lösungen außerhalb seines Vorstellungsraums gab. War das möglich?

Efri war eine der wenigen hier, die wirklich zuhören konnte. Es war niemals belanglos was sie sagte.

Angebot

„Du wirst das einfach akzeptieren müssen", sagte Efrie, „niemand wird dir eine halbe Million geben, einfach weil du meinst, dass du eine gute Idee hast."

To schaute in seinen Kaffee. Sie hatte recht. Natürlich hatte sie recht.

„Ich kann dir ja etwas helfen", meinte Efrie, „hab da ein bisschen freie Kapazität, die kann ich dir geben."

To lächelte. Das war ein Angebot. Efrie war die Beste im Team. Zwei oder drei Tage von ihr waren mehr als eine Anschubfinanzierung vom Förderfond.

Ein neues Projekt, das war immer wie das Eintauchen in einen quirligen Strudel. Da war so viel Lebendigkeit und Freude. Das macht ihn jedes Mal euphorisch.

Handarbeit

Eigentlich hatte er nur die drei Blätter mit den handschriftlichen Skizzen. Schon beim Scannen gab es ein Problem. Die OCR-Software löste die Formelzeichen völlig anders auf. Offensichtlich kannte das System seine Notationsweise nicht. Die Zuordnung der Operatoren war völlig unbrauchbar. Das von Hand zu machen würde dauern. Außerdem merkte er, dass sich einige Formeln nicht so in der Software abbilden ließen. Er würde da selbst Modelle entwickeln müssen. Vielleicht musste er sogar einen ganz neuen Regelsatz von Logik-Frames schreiben.

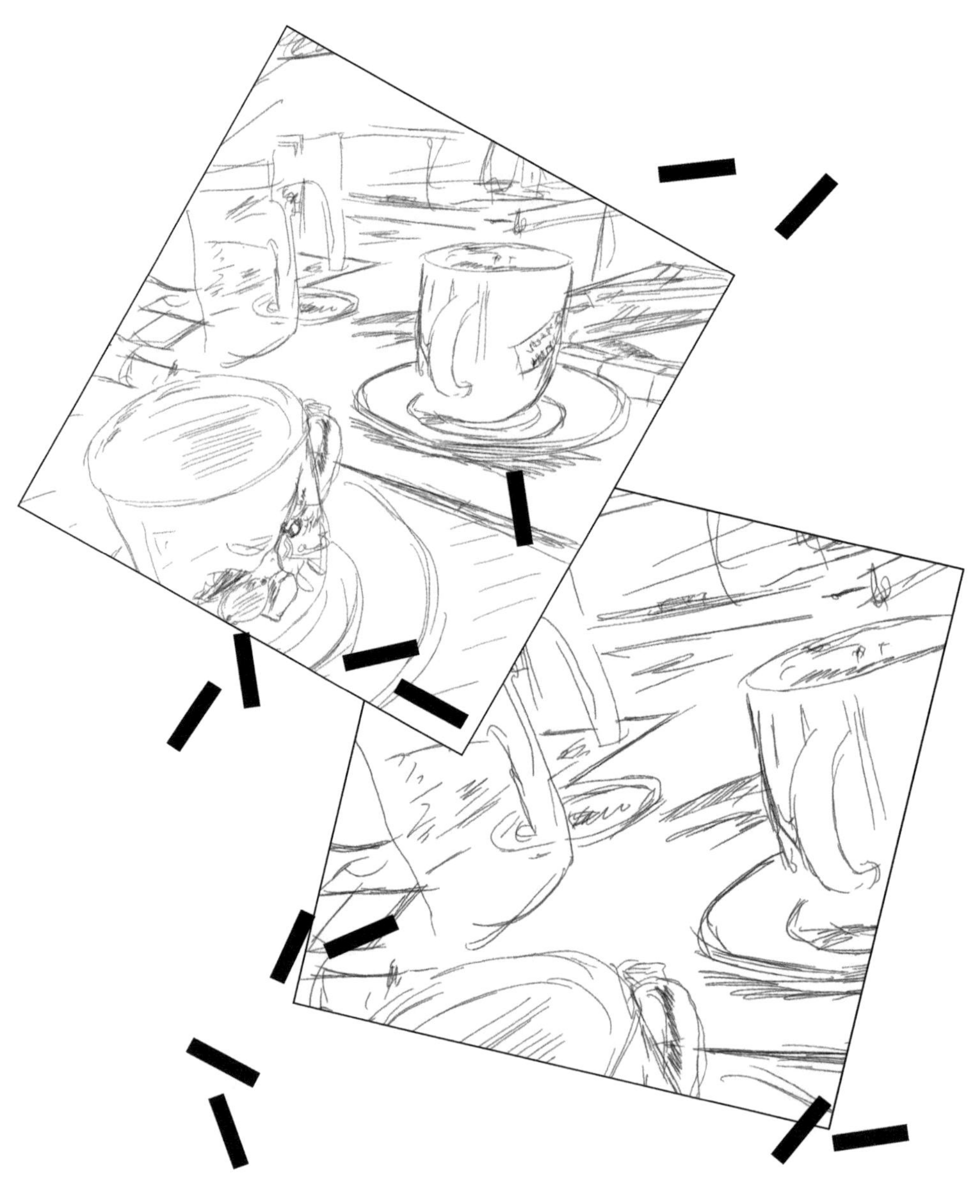

Manchmal reichte ihm auch einfach eine Tasse Tee. Es
musste nicht immer ein vollständiges Frühstück sein.

Frühstück

To schaute dem Automaten zu, wie er das Frühstück zubereitete.

Wenn er sah, mit welcher Präzision die Maschine das verquirlte Rührei auf die Pfannenoberfläche goss, dann bekam er immer Lust das selbst zu tun. Er ließ es. Er hatte es einmal versucht. Das war schiefgegangen, gründlich. Von seinem Vater hatte er noch, ganz hinten im Küchenschrank, eine Pfanne. Die Hardware war vorhanden. Er hätte es selbst tun können.

Um Rachel, der ersten Frau mit der er zusammen gewesen war, zu imponieren, hatte er einmal versucht ein Naturalisten-Frühstück zuzubereiten. Aber so gut wie die Maschine konnte man das einfach nicht machen. Das ging nicht.

Als Kind hatte sein Vater sich eine ganze Zeit geweigert die Maschinen zu benutzen. Das wurde als Verhaltensauffälligkeit diagnostiziert, hatte auch etwas politisch Anrüchiges. Es gab die Naturalisten ja auch als subversive politische Bewegung. Die mochten keine Maschinen, was Quatsch war. Das ging nicht, ein Leben ohne Maschinen.

Es kam ja auch kein vernünftiger Mensch auf die Idee, seine Wäsche von Hand waschen zu wollen. Lisa hatte das getan, mit ihren Blusen. Sie meinte auch eine Zeit lang, sie müsse sie von Hand bügeln. Es war fürchterlich, was dabei herausgekommen war. Das Bügeleisen, das sie nutzte, war natürlich nicht vernetzt, gar nicht mehr

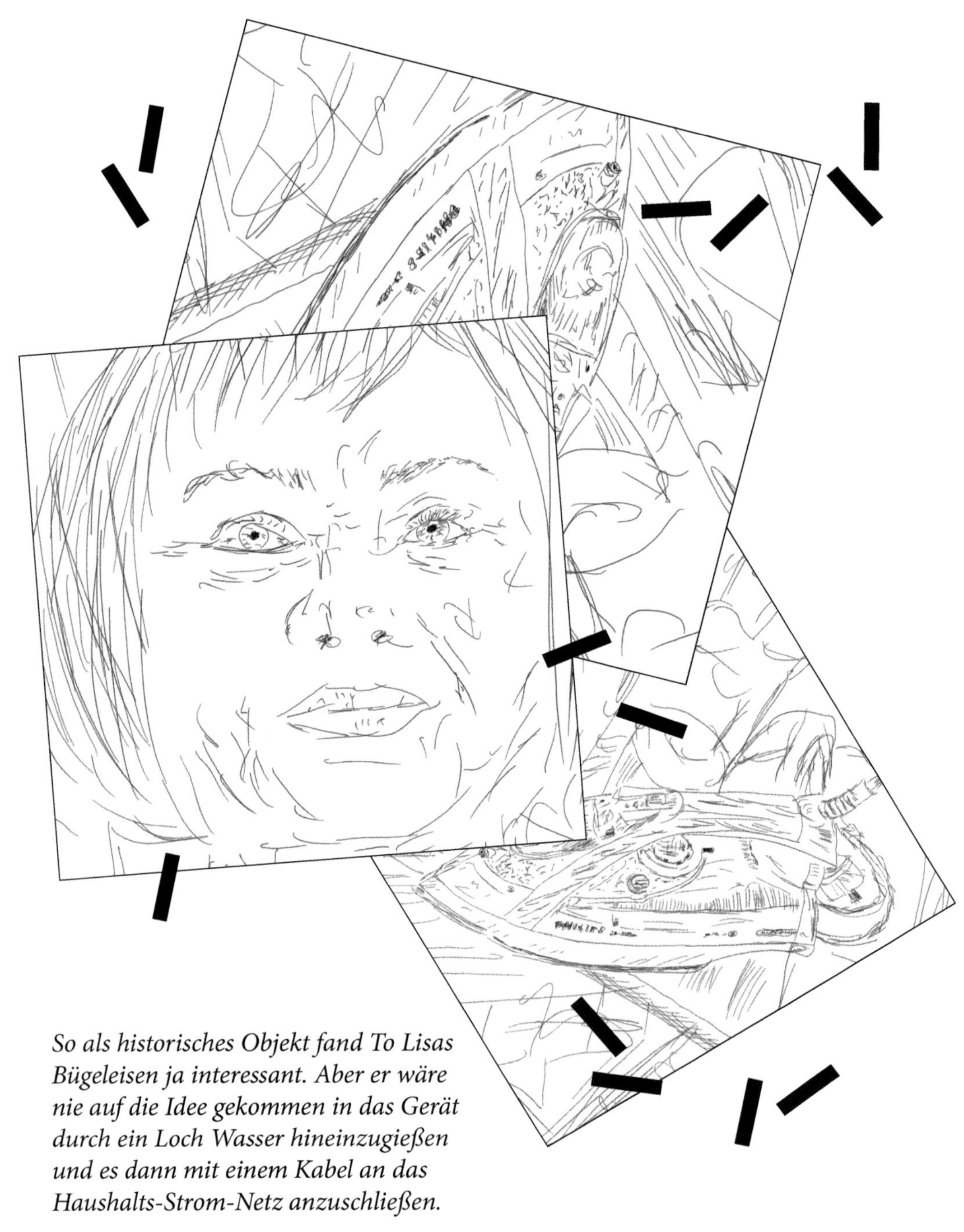

So als historisches Objekt fand To Lisas
Bügeleisen ja interessant. Aber er wäre
nie auf die Idee gekommen in das Gerät
durch ein Loch Wasser hineinzugießen
und es dann mit einem Kabel an das
Haushalts-Strom-Netz anzuschließen.

zugelassen. Ein Modell von ihrer Urgroßmutter. Sie hätte damit die ganze Wohnung in Brand setzen können.

Man musste den Rauchmelder ausschalten, denn der Dampf des Bügeleisens löste natürlich sofort Alarm aus. Die Raum Sensorik war auf so altmodische Geräte nicht mehr eingestellt. Da gab es nicht einmal mehr ein Unterprogramm das lief, ohne Vernetzung und Sensoren.

Er hatte sich nach einem halben Jahr von Lisa getrennt. Mit so einem Menschen konnte man nicht zusammenleben, so auf Dauer. Irgendwie musste man ja doch wissen, in welcher Zeit man lebte. Man sollte die Realitäten akzeptieren, Idealismus hin oder her.

Märchen: Warum träumte er nicht von Hans Christian Andersens kleiner Seejungfrau, wenn es schon eine Geschichte aus seiner Kindheit sein musste.

Traum

Sonne lag über dem Meer. Rechts Wasser, links Wasser, vor ihm Wasser, hinter ihm Wasser. Das kleine Boot fuhr schnell, das Wasser schäumte am Bug. Doch er konnte keine Richtung ausmachen. Wahrscheinlich fuhr das Boot immer geradeaus. Das Wasser war eine unendlich gerade Fläche, keine Kanten erkennbar, so schien es. Die Sonne war viel zu weit entfernt, als dass ihre Größenänderung, die ja gegeben sein musste, beobachtbar gewesen wäre. Das Boot bewegte sich, aber er hatte nicht den Eindruck, dass sie einem Ziel näherkämen.

Ganz unerwartet tauchte es auf, ein kleines Rohr, ein Periskop. Dann der Rücken eines auftauchenden U-Bootes. Ein mächtiges Boot. Die Wirbel drohten das kleine Motorboot herabzuziehen. Tos Griff an der Reling wurde fester. Aber das hätte ihm bei einem Kentern auch nicht geholfen.

„Nemo", ging es ihm durch den Kopf. Es war verrückt worauf er sich hier einließ. Als Simulation wäre es ein Abenteuer gewesen. Aber dies war keine Simulation. Sicher.

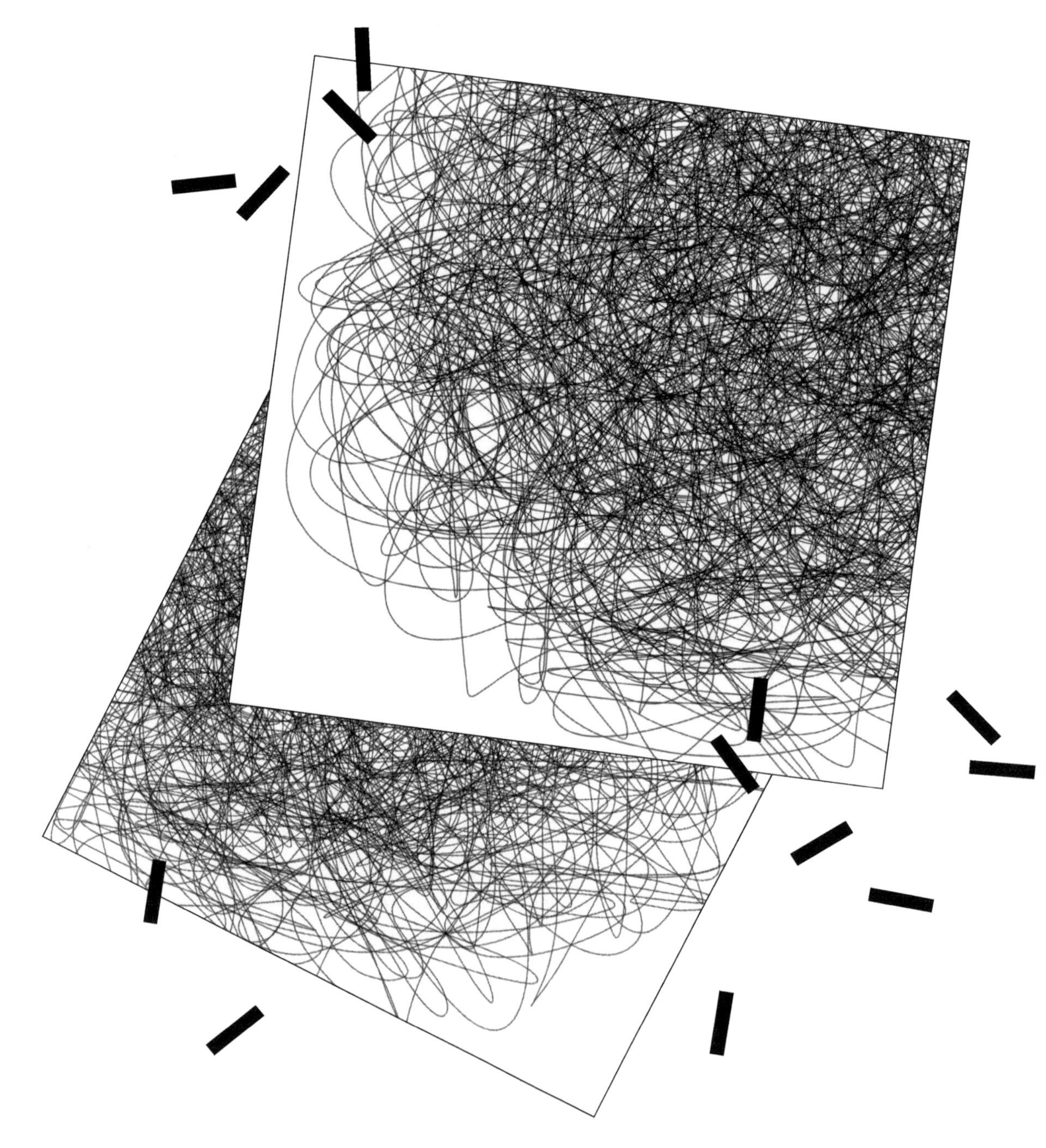

Neu

Er wachte auf.

Das war fürchterlich. Er wollte doch etwas neues, etwas wirklich neues machen, und da verlief er sich in den Zukunftsgeschichten der Vergangenheit.

Im Moment dachten die Maschinen wie ihre Erfinder und die waren schon einige hundert Jahre tot. Der Fortschritt lag in den unendlichen Weiten der denkenden Netzwerke sich selbst organisierender Neuronen und Graphen war das Material aus dem sich diese Neuronen bauen ließen. Das Material der Zukunft.

Ja, er brauchte einen Planeten, da würde er die Graphen-Neuronen aussetzen. Neuronen aus hochreinem Kohlenstoff, sich selbst organisierend. Sie würden den ganzen Planeten zu einer einzigen Denkmaschine machen. Vielleicht sollte er einen gasförmigen Planeten nehmen. Im Prinzip war es aber egal aus welchen Elementen der Planet bestand und in welchem Aggregatzustand sie waren. Die Neuronen lösten alle Materie zu einem Plasma auf und bauten, um sich zu replizieren, aus dem Plasma das Graphen, aus dem sie bestanden. Nur groß sollte der Planet sein. Möglichst viel Masse.

Wenn ich das jetzt im Kollegenkreis erzählen würde, landete ich sofort in der Klapse, dachte er und knüllte den Zettel zusammen, auf dem er die Funktionen geschrieben hatte, um ihn dann unauffällig in seiner Hosentasche verschwinden zu lassen.

In den Chats war es seit einiger Zeit Mode, dass
Männer Brille trugen. Irgend so ein überflüssiger
Retro Trend. To fand Brillen fürchterlich.

Der Chat-Bot bemerkte sein hastige Bewegung und scannte ihn. Aber er kam nicht zu ihm. Offensichtlich erkannte er nicht oder konnte nicht erkennen welche revolutionäre Idee da auf dem Blatt Papier stand. Das Schreiben auf Papier, mit einem Stift, das war nur noch geduldet. Das wurde nicht mehr gefördert. Wer machte das auch noch? Auf den Tablets und Pads nutzte man Stifte, aber die waren intelligent, nicht wie ein Bleistift, der nur eine Spur erzeugte von dem Weg der Hand die ihn führte.

Es würde nie geschehen. Nie, dachte er und nie war die Null, die erste Null, der Anfang der Zeit. Und dann wäre das reines Denken, klare einfache Gedanken und alles liefe nach den Gesetzen der Vernunft.

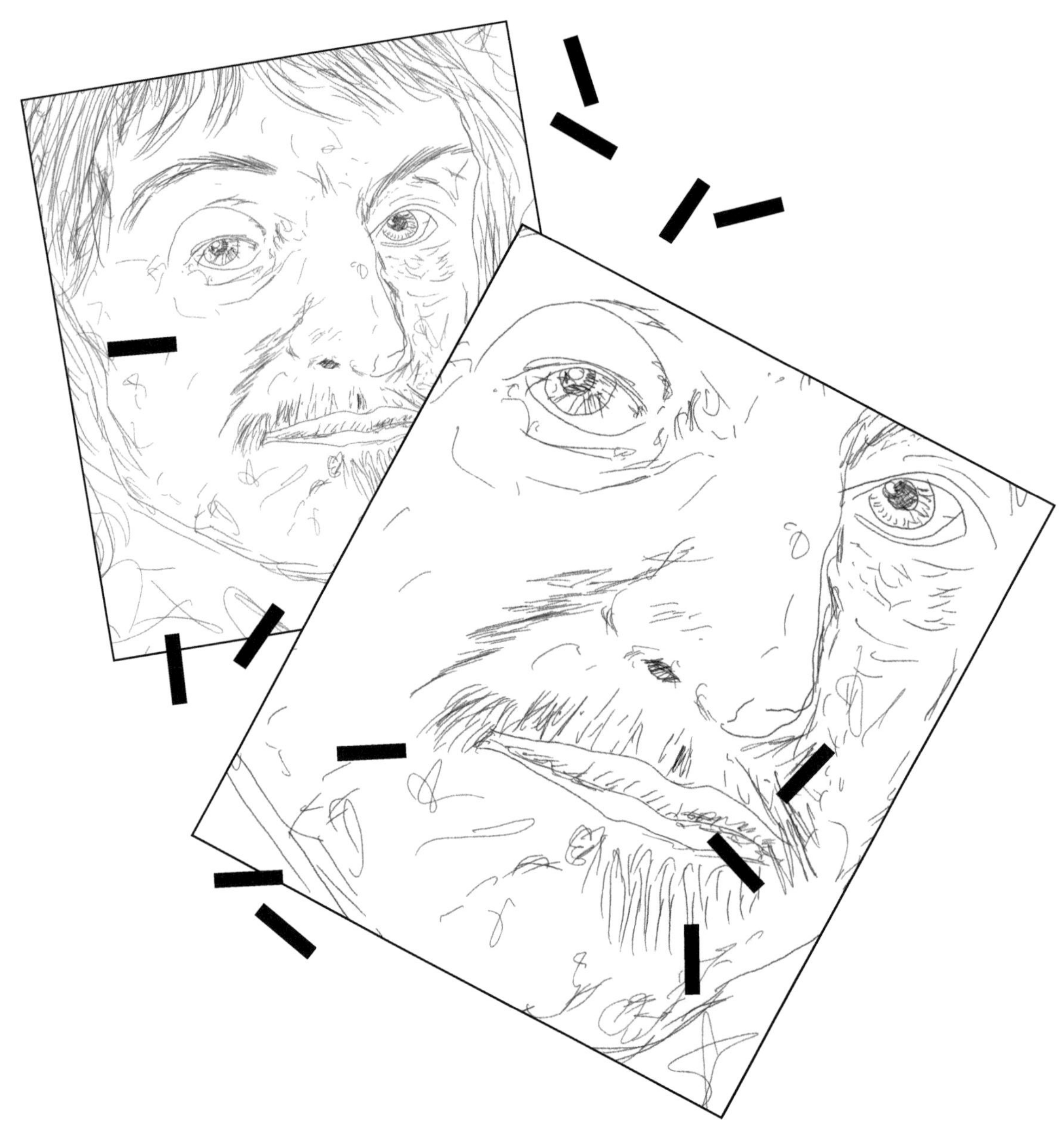

Manchmal wünschte To sich durch die Zeit reisen zu
können. Was hätte zum Beispiel René Descartes zu seinen
Gedanken gesagt? Das wäre doch eine interessante Frage.

Kopien

Das Ergebnis der Prüfung war niederschmetternd. In den dreißig Seiten des Papiers hatte der Algorithmus bei der Tiefenprüfung 260 Plagiate gefunden. Gut 60 Prozent der Sätze, und 47 Prozent der Satzteile fanden sich wörtlich so in anderen Quellen. Inhaltlich waren 80 Prozent der Gedanken bereits in anderen Papieren enthalten. Er schaute in die Details der Liste: 12 mal Jules Verne, 42 mal Star Trek, 11 mal Perry Rhodan, drei mal Robbi Tobbi und das Fliewatüüt. Fliewatüüt? To stutzte. Die ganze Liste kam ihm seltsam vor. Er hatte doch keine medien-, kultur- oder literaturhistorische Arbeit eingereicht. Es war ein technisch wissenschaftliches Thesenpapier. Ja, er hatte Text geschrieben, weil es für das, was er da in dem Forschungsprojekt machen wollte, noch keine mathematische Formulierung und auch noch keine etablierte Terminologie gab. Ja er hatte auch etwas von Erfindergeist geschrieben. Aber Fliewatüüt?

Er ließ eine Websuche laufen. Treffer 1: Boy Lornsen: Robbi, Tobbi und das Fliewatüüt, Kinderbuch, 256 Seiten, Verlag: Thienemann Verlag; Auflage: 32. (1. August 1967). ISBN 978-3522111805.

To schüttelte den Kopf. Das konnte doch nicht wahr sein. Ja, er hatte den Text auf Deutsch eingereicht. Es gab doch für die Kommission mittlerweile sehr gute Übersetzungsprogramme, die waren zertifiziert, übersetzten besser als ein menschlicher Übersetzer. Da sollte es doch egal sein, ob er seinen Antrag in Englisch oder

Vielleicht fand das System ja auch irgendwann heraus, dass er aus dem
Duden des Jahres 1986 abgeschrieben hätte. Da standen ja auch schon
alle Worte, die er in dem Antrag verwendet hatte, ordentlich nach dem
Alphabet aufgelistet. Er hatte natürlich nicht alle Worte benutzt und
auch die Reihenfolge verändert. – To fand, dass man platte Witze nicht
machen sollte, sie wurden zu schnell von der Wirklichkeit eingeholt.

Deutsch schrieb. Es konnte doch nicht sein, dass die Datenbasis für Deutsch mittlerweile so schmal war, dass man auf ein Kinderbuch zurückgriff. Er klickte auf den Eintrag um sich die Details anzeigen zu lassen. Der erste Connector war „To". Das war sein Name. Und wo fand der sich in dem Kinderbuch? Als er das Detail-Menü aufklappte konnte er es nicht glauben: „]To[in this contents seen as short form of]Tobbi[obviously childhood phantasies; parallels 93.78%".

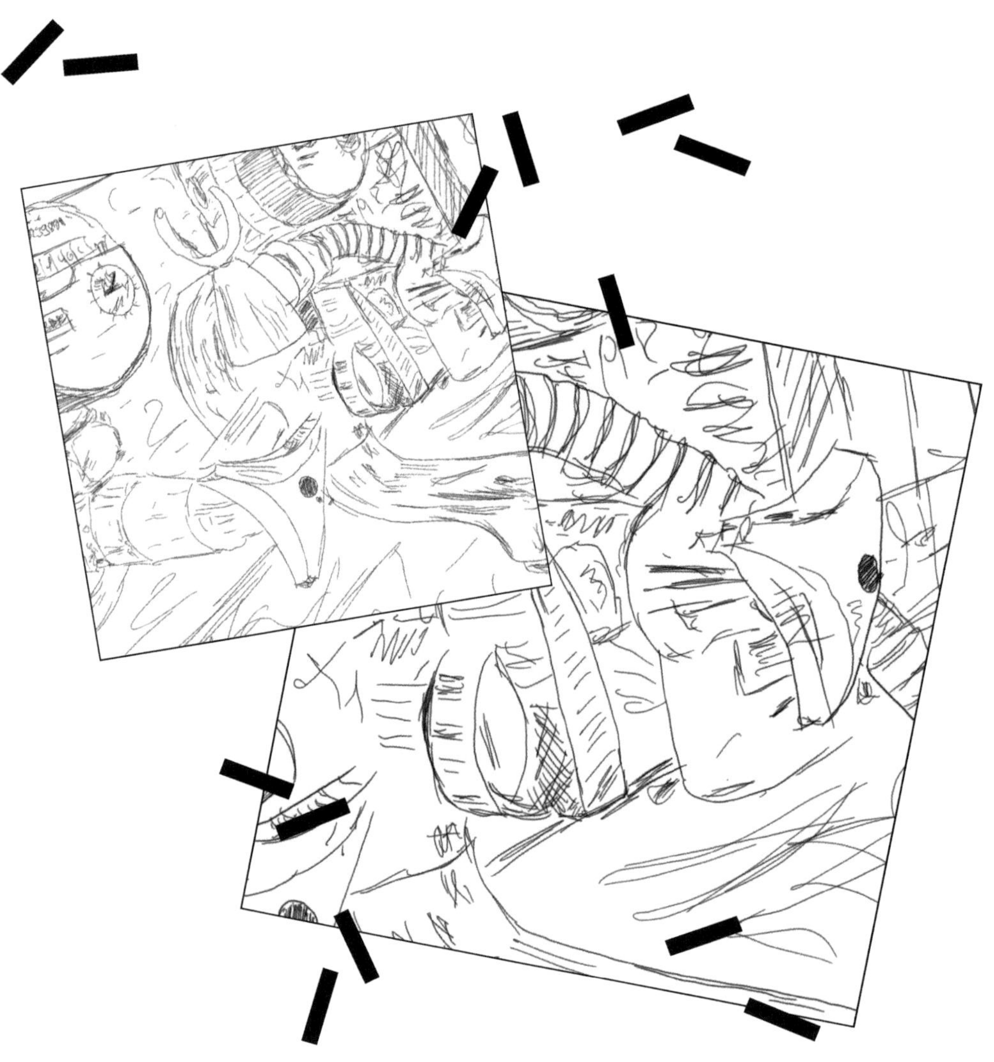

Der Denkmalschutz konnte mitunter auch seltsame Blüten treiben. So mussten zum Beispiel im Bad die Wasserhähne dem Design der 1970er Jahre nachgebildet werden, weil das Bad im Jahr 1975 eingebaut worden war. Das Haus war von 1880 und auch schon 1975 war der Einbau des Bades ein Verstoß gegen die damals geltenden Bestimmungen des Denkmalschutzes. Heute war der Verstoß von damals schützenswert. To verstand das nicht. Aber er mochte die alten Wasserhähne.

Bad

To war müde. Er ging ins Bad um sich mit einer Dusche zu erfrischen. Er würde das ganze einfach vergessen, weiter seine Arbeit am Institut machen und sich nicht mehr um Sonderprojekte bewerben. Das musste man doch gar nicht. Wahrscheinlich war es für die Karriere sogar viel besser, wenn man ganz unauffällig seine Arbeit machte. Die schlechte Bewertung, die die Ablehnung des Antrags bedeutete, würde er wieder wegarbeiten. Es gab sehr viele Routineaufgaben, ganz unauffällig und ohne jedes Risiko zu bearbeiten. Die Ergebnisse standen in der Regel praktisch schon fest. So ein Ausrutscher, das war doch kein Beinbruch. Weitermachen. Er musste einfach nur an sich glauben.

Er duschte etwas länger. Es tat gut, das warme Wasser den Körper herunterlaufen zu lassen. Das entspannte. Die akustische Meldung, die die Überschreitung der empfohlenen Duschzeit anzeigte, ignorierte er.

Als er genug hatte, ließ er mit einem Sprachbefehl die Tür der Duschkabine aufschwingen, griff nach dem Handtuch und trocknete sich langsam ab. Er mochte diese großen wuschelig weichen Badetücher.

Mit dem um die Hüften gebundenen Badetuch wollte er auf den Flur. Doch die Tür des Badezimmers ging nicht auf. Es war noch zu viel Luftfeuchtigkeit im Bad. Die automatische Türverriegelung war

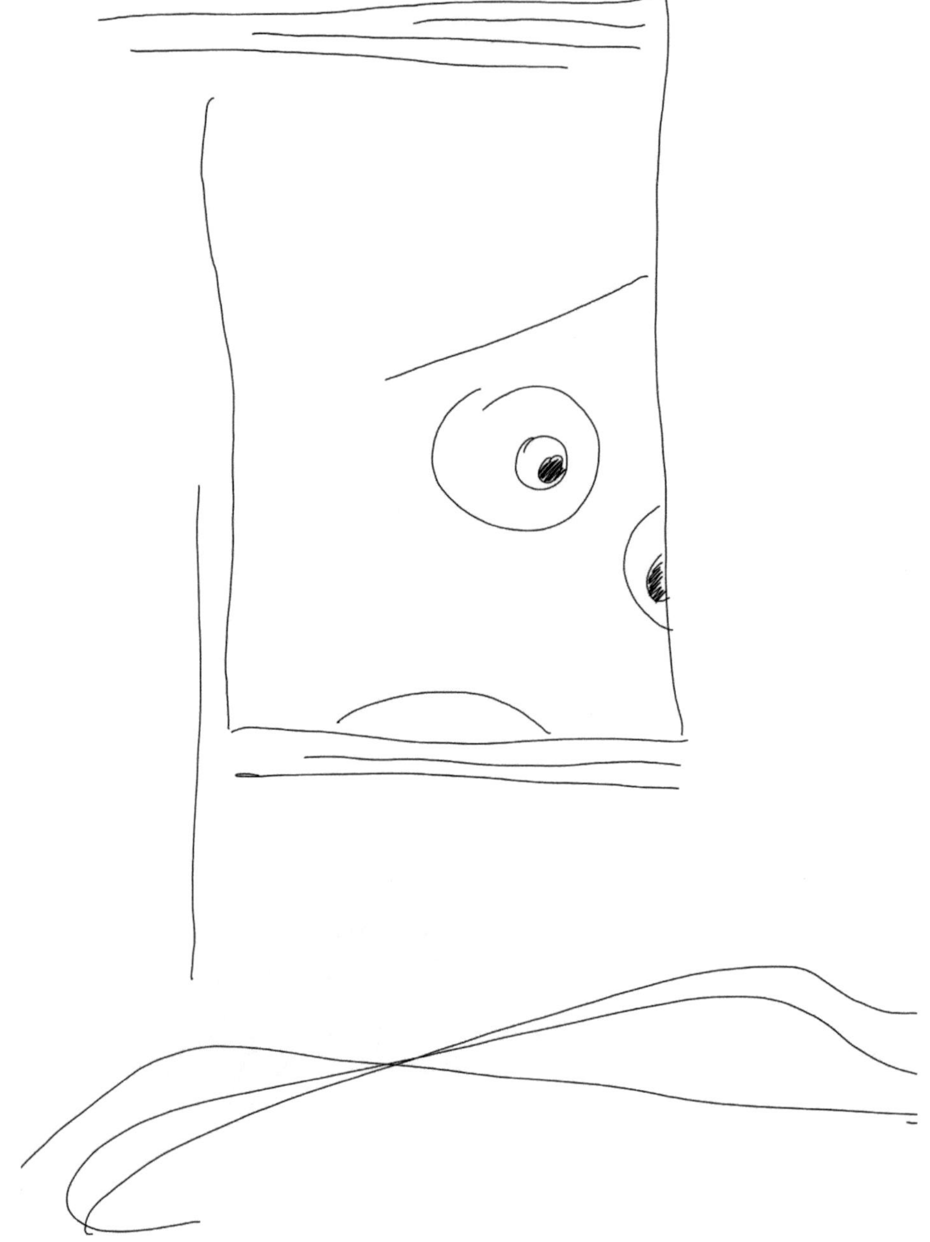

ein Sicherheitsmechanismus der Hauselektronik. Der war notwendig, damit in diesem Altbau der Einbau eines Bades genehmigt werden konnte. Die Räume standen unter Denkmalschutz. Im Salon, ja es gab hier einen richtigen Salon, hingen Bilder alter Meister, sie gehörten natürlich nicht ihm sondern dem Museum, aber sie waren hier in der denkmalgeschützten Wohnung in ihrer ursprünglichen Umgebung. Es war ein Privileg in so einer Wohnung leben zu dürfen. Dafür nahm man in Kauf, dass die Hauselektronik manchmal mächtiger war als die Bewohner. Er schaute auf das Display: Noch drei Minuten. Das war lang. Es gab einen Luftstau im Kanal vier. Offensichtlich hatte der Mieter über ihm auch gerade geduscht. Die Anlage war nicht dafür ausgelegt, dass sie im ganzen Haus gleichzeitig genutzt wurde, sonst hätte man in das Gründerzeithaus zu viele Luftschächte einbauen müssen.

Wahrscheinlich hatte er die Warnung vor dem Duschen einfach überhört. Normalerweise gab es beim Betreten des Bades immer einen Hinweis, wenn es ein Problem mit der Nutzungszeit geben konnte.

Er war noch so in Gedanken. Ja er war wirklich fertig. Eigentlich brauchte er Urlaub. Nein quatsch, den hatte er sich ja erst gerade genommen, für dieses blöde Projekt, in dessen Ablehnungsbegründung er vor dem Duschen etwas hineingelesen hatte. Er würde das nicht mehr alles lesen. Der Tenor war klar, das war eine komplette Ablehnung, vernichtend. Die paar Details, in die er bereits hineingeschaut hatte, so stichprobenartig, die reichten ihm. Das war genug.

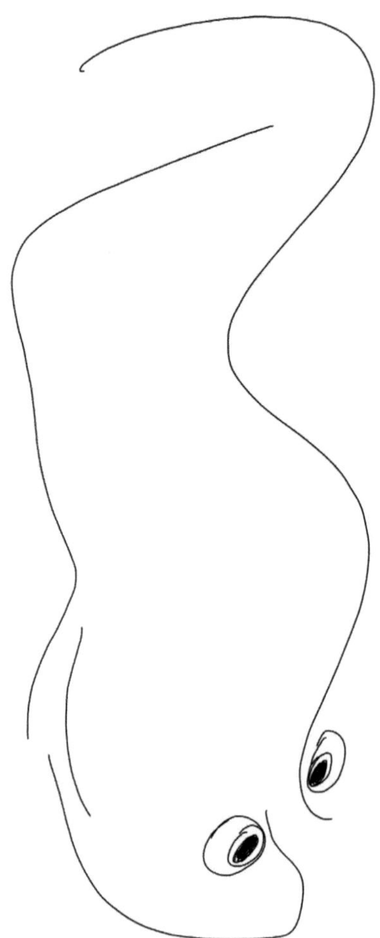

Müde

Die Badezimmertür war noch 67 Sekunden gesperrt, ungefährer Wert, stand auf dem Display. Er schaute in den Spiegel. Ein müdes Gesicht blickte ihn durch die Dampfschwaden an. Er berührte den Sensorbereich. Die Kamera rechnete den Badezimmerdunst aus dem Bild. Jetzt sah er sich klar. War auch nicht besser. Er hätte doch die Beautykorrekturfunktion einschalten sollen.

Da war noch eine Fluse auf dem Spiegel. Die war echt, nicht im Computerbild. Er wischte sie weg, mit dem Handtuch.

Ein Meldung erschein auf dem Spiegel: „This is the final copy of the displayed data. Do you really want do deled it?“ War die Fluse denn jetzt wirklich echt oder doch nur eine fehlerhafte Datei, die in das Spiegelbild projiziert wurde?

„Löschen“, dachte er, „ja klar, löschen.“

Wer dachte sich so einen Unsinn aus? Eine digitale Fluse auf einem Spiegel, damit er natürlicher wirkte. Das war doch Quatsch.

Er würde gleich auch die Antragsdaten löschen, einfach alles löschen, das ganze Projekt. Löschen war eine gute Lösung. Dann war das alles weg und morgen säße er wieder im Büro, bearbeitete irgendwelche langweiligen Papers eines Vorgesetzten, stellte Messwerte und Daten zusammen und trug zum Erfolg des Instituts bei. Von wegen „childhood phantasies“.

Er wischte noch einmal über den Spiegel.

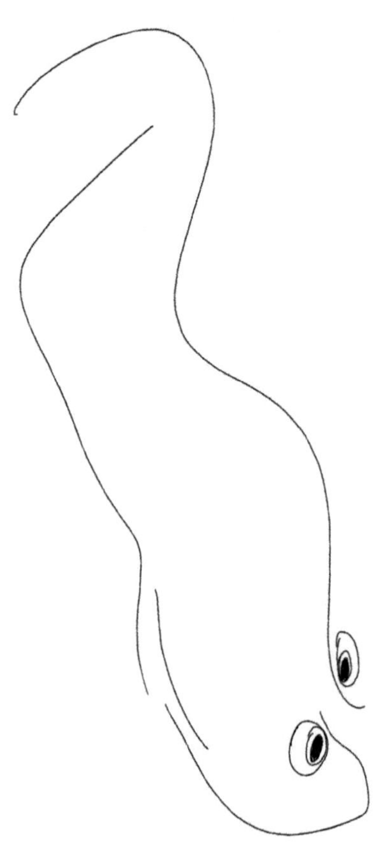

„Double swipe gesture with soft real live object necessary to confirm this action.“

Warum waren die Systemmeldungen eigentlich auf Englisch, fragte er sich erst jetzt. Hatte das System nicht mehr die deutschen Sprachdateien? Gab es ein Kapazitätsproblem?

Die Badezimmertür war immer noch zu. Okay, da duschte der Nachbar oben wohl noch etwas länger. Aber egal, er konnte das System auch von hier aus über den Spiegel bedienen. Das Handtuch war wohl ein „real live object“ und „soft“ war es auch. Es würde die Spiegeloberfläche nicht zerkratzen, selbst wenn er zur Bestätigung der Aktion die Sensoroberfläche etwas fester berühren musste. So ganz wörtlich war das mit der „Zweifach-Schlag-Geste“ ja nicht gemeint, bei dem System, aber etwas fester musste der Impuls schon sein, der da auf die Sensormatrix wirkte. Sonst wurden die Befehle mit Hyper-Admin Rechten nicht ausgeführt.

„Repeat this action to confirm. Warning: After your confirmation the last remaining copy will be deleted. Warning: You can't undo this action.“

Er wollte auch nicht „undo“ ganz im Gegenteil, das Löschen würde die letzten drei Wochen ungeschehen machen und er fing wieder so an, als wenn diese ganzen dummen Sachen nicht passiert wären, dachte er. Er ließ das Handtuch zweimal mit Schwung auf die Sensorfläche sausen.

Das Licht ging aus. Er verschwand. Einen Moment meinte er noch sich zu spüren, aber dann war er nicht mehr da.

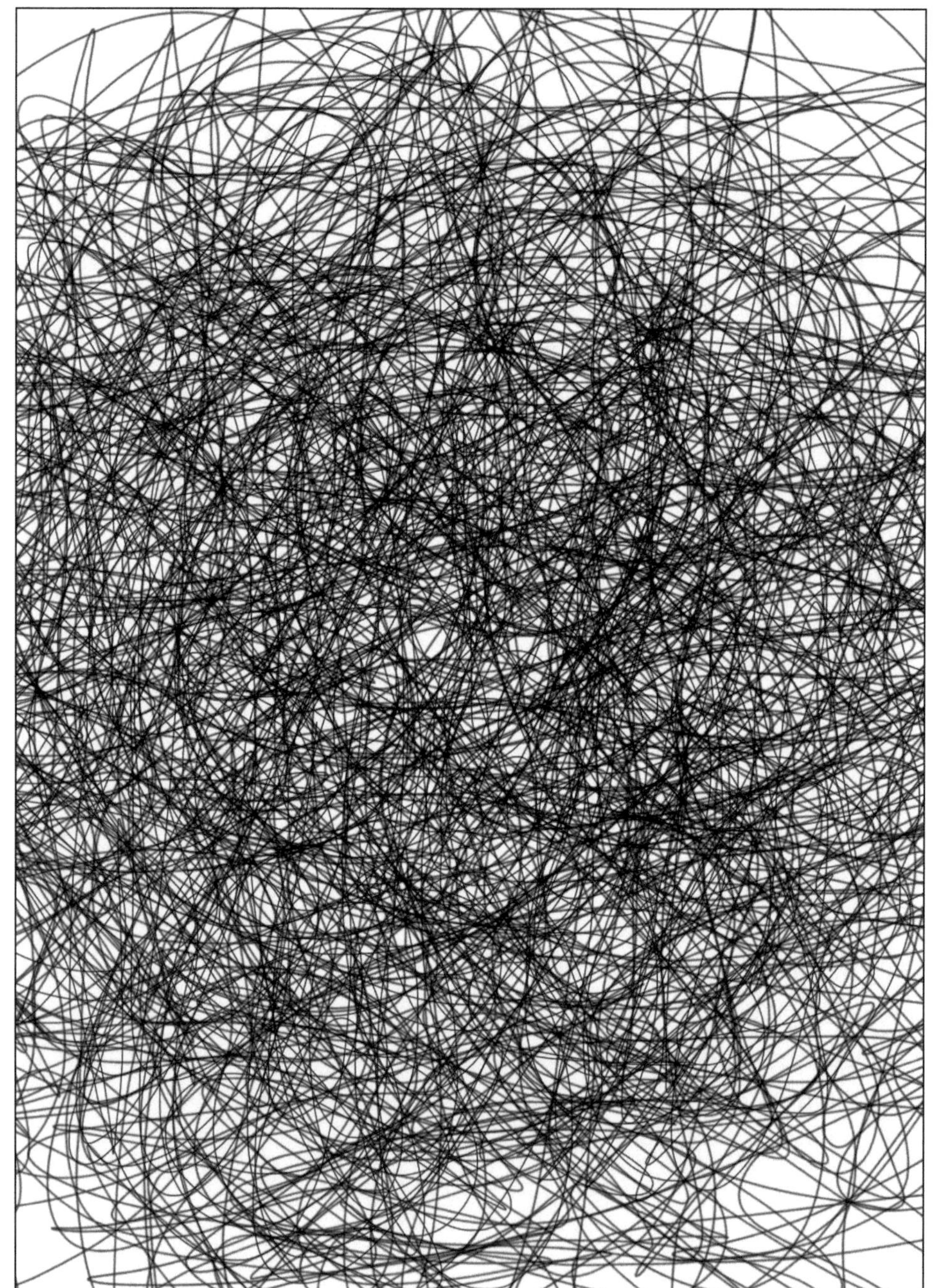

Sauger

Die Hauselektronik gab die Badezimmertür frei. Der Reinigungsroboter fuhr herein. Analyse: Wasser, dampfförmig und in kondensierten Tropfen [Vorsicht Rutschgefahr im Bereich a12 bis d17]. Kohlenstoff auf dem Boden, Bereich s6 bis q12, pulverförmig. Masse etwa 23,8 kg.

Der Roboter gab die Daten an die Zentrale der Hauswartungsgesellschaft weiter. Die forderte eine Spezialmaschine für die Reinigung des Bads an. Da hätte er ja zwölfmal die Feuchtraumstaubsaugerbeutel wechseln müssen, um das alles aufzusaugen. Das war nicht sein Job. Das sollte die größere Maschine machen.

Der Lebenswille dieser Humanoiden war doch sehr unterentwickelt, dachte der Roboter, als er aus dem Bad fuhr. Die waren erstaunlich instabil. Eine seltsam hohe Suizidrate. Dabei lebten sie in den besten Wohnungen und wurden von einem ganzen Maschinenpark umsorgt. Wirklich schade um den schönen Kohlenstoff.

Nachspiel

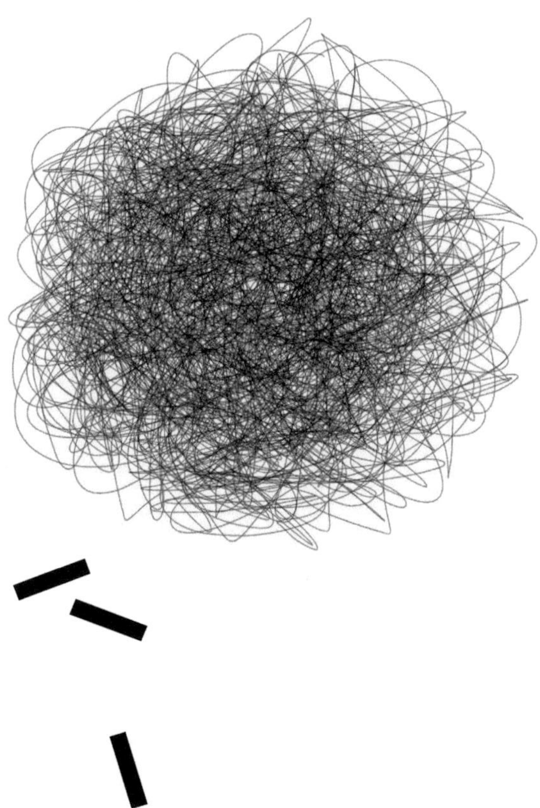

Ungehalten

Der CEO der Haus-, Versorgungs- und Wartungsgesellschaft war ungehalten.

„Können Sie die nicht abwimmeln?"

„Nein", war die prompte Antwort des Gebäudemanagementsystems, kurz und trocken. „Die Herren sagen, sie warten die vorgeschriebenen fünf Minuten. Ansonsten überschreiben sie über die NFC-Box des Eingangsbereichs meinen Code und schalten sich selbst den Zugang frei."

Das war wohl was Dringendes. Der CEO merkte wie sein Puls hoch ging. Ihm war es unangenehm, wenn jemand fremdes in sein Büro kam. Er hatte schon seit Jahren keinen Besuch mehr empfangen, so physisch, real. Alles lief über die Systeme. Da musste man nur ab und zu mal draufschauen, einem neuen Kunden in einem Telefonat einige der nicht so bekannten Funktionen erklären, bevor der dann den Premium-Vertrag abschloss. Die Makler, ja, die hatten noch direkten Kundenkontakt bei den Besichtigungen. Aber sonst lief alles digital.

praktum
BOB

Wo war sein Jackett? Das hätte schon längst wieder einmal in die Reinigung gemusst. Es roch. Und irgendwo hatte er doch auch einen Kamm liegen. Erst den Kamm durch die Haare, dann das Jackett an. Sonst sah man die Schuppen auf dem dunklen Anzugstoff. Er müsste mal das Schampon wechseln. Die letzte Empfehlung des Einkaufs-Algorithmus hatte nur ein fürchterliches Jucken der Kopfhaut verursacht. Das mit den Schuppen wurde immer schlimmer.

Kritischer Blick: Gleich zwei Besucher, so direkt und in Person leibhaft vor sich sitzen zu haben, daran musste der CEO sich erst einmal wieder gewöhnen.

Höflich

Die beiden Kommissare waren professionell geschäftsmäßig und fast schon zurückhaltend höflich, nicht hemdsärmelig und Lederjacke, wie er das irgendwie unbewusst erwartet hatte. Aber das war ja auch die Wirklichkeit und keine Vorabendserie aus den 1970er Jahren. Der Puls des CEO ging wieder herunter. Die schon bereitgelegte Kapsel mit den Blutdrucksenkern würde er wohl doch nicht nehmen müssen. Er schaute kurz auf die amtliche Verfügung und ließ den Kommissar im System eine Kopie in die entsprechende Stelle des Verzeichnisbaumes schreiben. Alles vorschriftsgemäß.

„Sie können sich hier ungehindert umsehen", sagte der CEO. Er war jetzt ganz im Businessmodus, „ich zeigen Ihnen alles was Sie sehen wollen".

Es ging auch in Präsenz. So groß war der Unterschied gar nicht. Er atmete durch.

„Wir hätten da ein paar Fragen zu Ihrem Kunden To Jan Mertens", sagte der jüngere der beiden Kommissare.

Der CEO wischte sich durch die Oberfläche der Verwaltungssoftware.

„Ja, ... das war in der letzten Woche, richtig? Sie meinen die Vertragsbeendigung am Dienstag?"

„Ja, Dienstag, später Nachmittag."

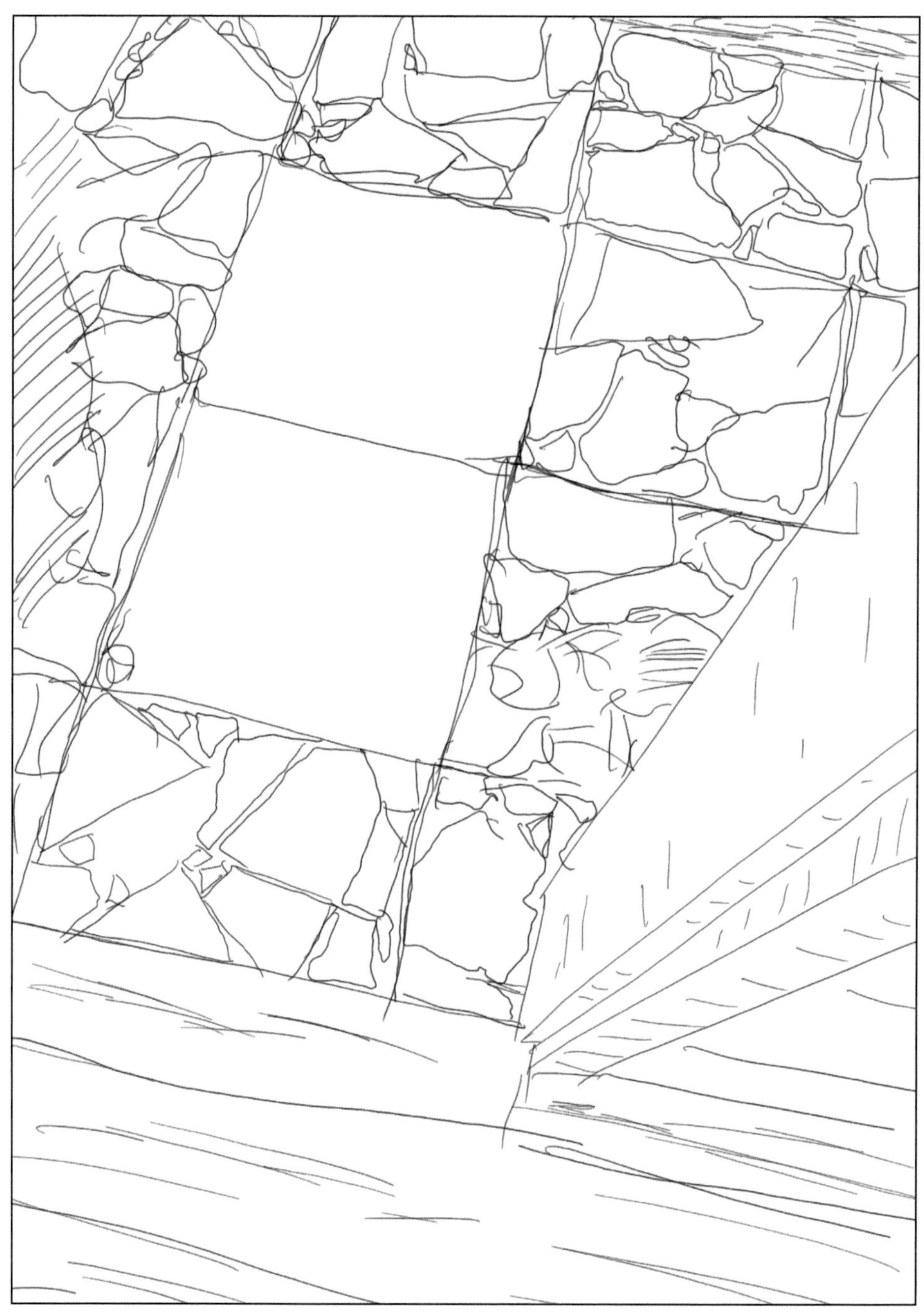

Der CEO scrollte sich durch die Akte. Es gab ein Testament. Das hatte der Kundenbetreuer übersehen. Ja, richtig. Aber das war eigentlich auch nicht mehr sein Job. Der Kunde hatte der Gesellschaft keine Vollmacht über den Tod hinaus gegeben. Alle anderen Meldungen waren richtig herausgegangen. Ja, das mit dem Testament hätte man auch melden können, wenn der Kundenbetreuer da etwas gefunden hätte. Aber es waren ja alle Daten gelöscht, kundenseitig. Im System waren wirklich nur noch die Vertragsdaten. Alle Daten in Kundenverantwortung waren vollständig gelöscht. Nur der Eintrag, dass der Kunde das so wollte, der stand noch da.

Der Löschvorgang war so konzipiert, dass alle Medien und Konstruktionen in ihre Grundbestandteile zerlegt wurden. Da blieben nur noch die einzelnen Atome übrig. Die gingen dann irgendwelche einfachen Bindungen ein. Doch das hatte nichts mehr mit den Daten zu tun, die sie einmal repräsentiert hatten. Das hatte der Kunde so eingerichtet. Das war keiner der Standardprozesse. Irgend so ein Sicherheitsding. Da blieb nichts übrig was sich widerherstellen ließe, von den gelöschten Daten.

Der Kunde war als forschender Wissenschaftler in einem Spezialinstitut beschäftig gewesen. Die brauchten da wohl so eine hohe Sicherheitsstufe. Das war alles externe Technik. Die hatte der Kunde selbst installiert. Er hatte das auch ordnungsgemäß angemeldet. Das war alles dokumentiert. Die Kunden hatten da alle Freiheiten. Sie waren eine liberale Verwaltungsgesellschaft. Nur die Regeln des Denkmalschutzes waren natürlich einzuhalten, bei den historischen Objekten. Aber der Denkmalschutz war ja auch flexibler geworden.

Das Testament lag bei einem Notar in Italien. Eine Adresse in einem der kleineren südlichen Stadtteile von Florenz, Arceti. Warum ausgerechnet dort, konnten die beiden Kommissare auch nicht sagen. Sie hatten aber schon die Zertifikate geprüft. Es stimmt alles. Nur dass die Vertragsauflösung vom Kundenbetreuer nicht als meldepflichtig eingeordnet worden war, das hatte sie auf den Plan gerufen.

Jetzt war der CEO ganz entspannt. Das war einfach nur ein Routinebesuch. Er war Betriebswirt. Er verkaufe den von der Technik erbrachten Service. Er konnte die Kosten berechnen. Wie die Technik funktionierte, davon verstand er nichts. Heute ging jeder davon aus, dass die Technik zuverlässig war. Das war Common Sense. Wenn da etwas schief ging, dann war das eine Sache, die die Juristen mit den Herstellern klären mussten. Dafür hatte er den Vertrag mit der Kanzlei. Die agilen Damen und Herren waren teuer genug. Er hatte alles richtig gemacht.

Details

Die Kommissare wollten noch einmal die Einträge ab 14 Uhr sehen.

Der CEO klickte auf die Detailansicht. Da stand jetzt jeder Schritt.

Der lokale Service Roboter hat den Reiniger gerufen. Die Gesellschaft hatte da den R7 im Einsatz. Das waren schon etwas ältere aber sehr robuste Systeme, ausgestattet mit zwei AI-Modulen. Die liefen unabhängig voneinander. Auch bei einem Netzausfall konnte die Maschine noch autonom Entscheidungen fällen und dokumentieren, auch gerichtsfest. Das war ja wichtig.

Der R7 hat sofort den Bestatter informiert, und auch die örtliche Polizei und die waren dann auch mit der Spurensicherung gekommen. Das stand alles so in der Akte des Systems. Er ließ die Kommissare eine Kopie machen. Dann konnten die das noch einmal mit den Einträgen in ihrem System abgleichen. Er kopiere Ihnen auch die Prüfsummen. Es würde sich schon klären lassen, wo da der Fehler passiert war, der sie auf den Plan gerufen hatte.

Wahrscheinlich war das ein einfacher Übertragungsfehler. Vielleicht lag es auch an den vielen modifizierten Systemen, die der Kunde installiert hatte. Das war ja doch für ein Wohngebäude ungewöhnliche Technik. Aber der Mann war ja ein Tech-Freak gewesen, ein Spezialist. Von daher ungewöhnlich ja, aber unerklärbar, nein.

Natürlich war es ungewöhnlich, wenn jemand gleich alle Daten löschte, vollständig und unwiderruflich, und das über ein Interface, das eigentlich nur Licht und Lüftung steuern sollte. Aber der Kunde war eben ein Tech-Freak. Und es war ja auch okay, wenn solche Spezialisten an der Hauselektronik herumbastelten. Die machten da mit den Haus-Systemen Sachen, für die die Systeme eigentlich gar nicht gedacht waren. Da entstanden auch Innovationen. Der CEO hatte einen Kollegen, dessen Sohn konnte über das Display der Spielkonsole den Großrechner im Startup des Vaters steuern. Der war sechs oder so. Also das war nicht normal, aber ungewöhnlich war es auch nicht.

Die Kommissare fragten nach der Möglichkeit des Versagens der Elektronik. Das war noch einmal ein kritischer Punkt. Fehlende Sicherheitsabfragen, Gestensteuerung an Stellen wo haptische Interaktion vorgeschrieben war und so weiter.

Doch das war auszuschließen. Das waren alles zweifach redundante Klasse I Geräte. Die waren in Vollausstattung installiert. Außerdem waren sie für die Verwendung in Regierungsgebäuden zertifiziert. Abgeschaltete Sensoren oder durchgeschleifte Zugänge, das gab es da nicht. Das System verstand eine Eingabe nicht falsch. Das war sicher.

Wunsch

Im Testament gab es eine Passage, in der etwas von dem Wunsch stand, auf dem Jupiter beerdigt zu werden. Der gesamte Kohlenstoff war ja gesichert. Die Angaben in den Protokollen des ersten Reinigungsroboters und auch die von dem Grundreiniger stimmen da überein. Die Schätzung des lokalen Roboters war 23,8 kg. Der dann gerufene R7 hat 23,94 kg erfasst und dem Bestatter wurden nach zertifizierter Messung 23,89 kg übergeben. Das war alles innerhalb der Messtoleranz. Wenn man das zurückrechnete, dann waren das so um die 85 kg Körpergewicht. Bei 1,83 m Körpergröße passte das. Man könnte da noch mal die Gesundheitsdaten abgleichen. Aber da der Kunde ja alles gelöscht hatte, lokal, müsste man erst einmal herausfinden wer der Hausarzt war und so weiter. Da gab es ja auch seit einigen Jahren keinen zentralen Zugriff mehr. Wahrscheinlich war der Kunde auch privat versichert. Das war dann noch einmal ein anderer Bereich. Im zentralen staatlichen System zumindest war alles ausgetragen. Da gab es nur den Eintrag über die Datensatzerstellung bei der Geburt. Die Löschung war wirklich sehr vollständig. Es gab auch Leute, die fanden es nicht richtig, dass nach der zweiten großen Datenschutzreform jetzt jeder Bürger so weitreichende Rechte hatte über seine Daten zu verfügen.

Jupiter

Der Bestatter war vor allem Geschäftsmann. Trotzdem brachte der Job es mit sich, dass er auch sentimentale Momente haben konnte. Das war nicht schlimm. Man muss nur aufpassen, dass sie das Geschäft nicht störten.

Er schaute noch einmal die Unterlagen durch. Eine Urne zum Jupiter zu schicken, das hatte er noch nie gemacht. Das war doch schon äußerst ungewöhnlich. Üblich waren eigentlich die zwei erdnahen Umlaufbahnen, my1 und home2. Die waren mittlerweile sehr gut belegt. Dort durften schon seit einiger Zeit nur noch miniaturisierte Urnen, nicht größer als vier Zentimeter, ausgesetzt werden. Bei der klassischen Feuerbestattung, da blieb ja auch nicht viel übrig. Ein toter Körper bestand, nur so von den Gewichtsanteilen betrachtet, aus 60 Prozent Sauerstoff, 30 Prozent Kohlenstoff und 10 Prozent Wasserstoff, so Pi mal Daumen. Davon ging das meiste als Wasserdampf und CO_2 durch den Schornstein. Ein System, dass wirklich den kompletten Kohlenstoff eines menschlichen Körpers extrahierte, das war ungewöhnlich. Bestatter arbeiteten nicht mit solchen Systemen. Die waren viel zu teuer. Das hier war schon der Auftrag eines sehr exklusiven Kunden.

Den knapp zweijährigen Flug würde er vollständig und hochaufgelöst dokumentieren lassen, auch den Sturz der Urne aus der Umlaufbahn auf den Planeten. Das würden spektakuläre Bilder,

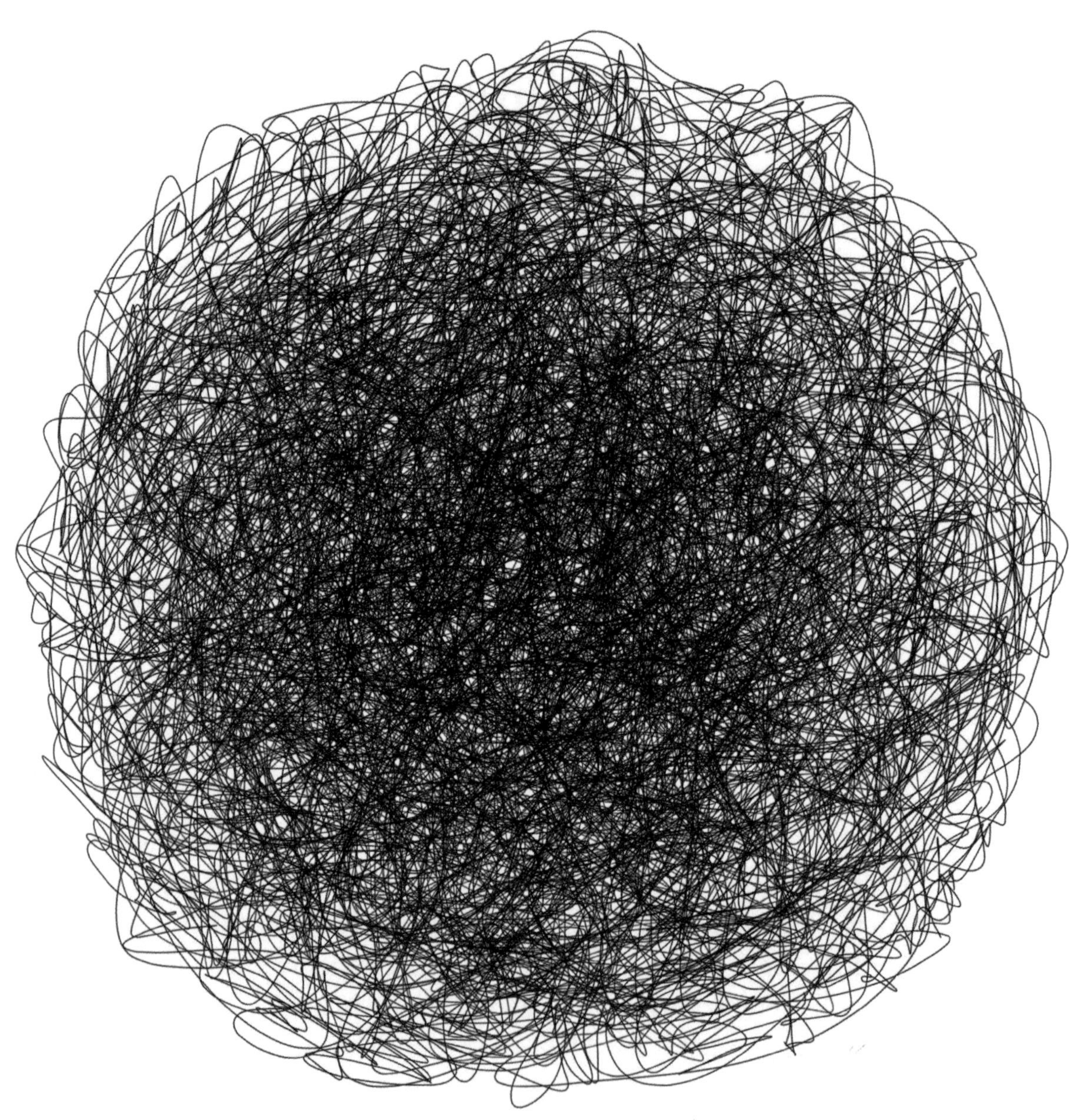

eine gute Werbung für ihn und der Kunde hatte seinen Willen. Es war ja der letzte.

Der Bestatter schaute nachdenklich auf die Testamentskopie. 23,89 kg Kohlenstoff auf dem Jupiter. Was dort damit wohl passieren würde?

Inhalt

Idee

Nachspiel

Ganz klein sind sie, die Viren, die schlagartig das Leben der menschlichen Gesellschaft verändert haben. Die Computer sind nicht davon betroffen. Sie organisieren das Leben der Menschen neu. Sicherheit hat oberste Priorität, denn Menschen sind wichtig, sagt das System. Menschen müssen geschützt werden.

Eine Zukunftsgeschichte, erzählt aus der Perspektive der Mitglieder einer durch und durch gewöhnlichen Familie in einer ganz und gar außergewöhnlichen Zeit. Eine beklemmende Zukunft, die heute näher nicht sein könnte. Irrationale Furcht und reale Gefahren bestimmen ein Leben zwischen wissenschaftlich-technischem Machbarkeitsglauben, erfahrener Ohnmacht und der Suche nach Auswegen aus einem hermetischen System, das eigentlich einmal geschaffen wurde, um ein besseres Leben zu ermöglichen.

Edition HIC< 2021
ISBN: 9783753407647

Marcellus M. Menke
Wie Musik für die Augen zum Lesen
Geschenkte Gedichte
Köln 2015
ISBN: 9783837021738

Marcellus M. Menke
Für einige Augenblicke
Gedichte
Köln 2016
ISBN: 9783741256493

Marcellus M. Menke
Von innen heraus
Gedichte
Köln 2017
ISBN: 9783744852227

Marcellus M. Menke
Im Zeitstrom
Gedichte
Köln 2018
ISBN: 9783748171058

Marcellus M. Menke
Liebkosung
Wie eine zugeflogene Melodie
Gedichte
Köln 2019
ISBN: 9783750416246

Marcellus M. Menke
Konstruktion
Gedichte
Köln 2022
ISBN: 9783756223237

Marcellus M. Menke
The English Poems of an Unknown German Poet
Poems
Cologne 2022
ISBN: 9783756223251

GESAMTAUSGABE

Marcellus M. Menke
Gedichte
Gesamtausgabe Band 1
1992 bis 2017
2. Auflage Köln 2020
ISBN: 9783750471214

Marcellus M. Menke
Gedichte
Gesamtausgabe Band 2
2018 bis 2019
Köln 2020
ISBN: 9783750471337

Marcellus M. Menke
Gedichte
Registerband
für Band 1 und 2 der
Gesamtausgabe
Köln 2020
ISBN: 9783750471344

Marcellus M. Menke (Hrsg.)

Zukunftsgeschichten

Texte von Michael Quant, Alexandra Kirschbaum,
Brian T. Ballmoor und Pascal-David Dombeaux

Köln 2017
ISBN: 9783743159266

Geschichten die in der Zukunft spielen, egal ob in einer nahen oder fernen, sagen auch immer etwas über die Gegenwart ihrer Verfasser aus. Interessant sind diese Texte, wie alle Literatur, wenn sie unabhängig von dem zeitlichen Kontext, den sie zum Thema machen, Geschichten erzählen, die den Menschen, sein Leben und seine Leidenschaft berühren. Eine gute Zukunftsgeschichte ist zeitlos.

Michael Quant studierte Literaturwissenschaften, Physik und Informatik in Köln, Palermo, Paris und Boston. Nach einer Reihe von Forschungs- und Lehraufträgen an europäischen und amerikanischen Universitäten, lebt er seit 1997 als freier Autor mit seiner Frau und seinen beiden Kindern in New York.

Alexandra Kirschbaum wurde 1971 in Köln geboren. Sie studierte Musikwissenschaften und Romanistik in Köln und Hamburg. Ihre Dissertation schrieb sie über „Das Italienische in der Musik der deutschen Romantik". Die Autorin ist mit einem Architekten verheiratet und hat zwei Kinder.

Brian T. Ballmoor ist an der University of Georgia, U.S., Professor für Astrophysik und Numerische Mathematik. In seiner Freizeit schreibt er seit vielen Jahren populäre Kurzgeschichten, die in verschiedenen amerikanischen Zeitschriften erscheinen.

Pascal-David Dombeaux, 1964 als Kind deutsch-französischer Eltern in St. Denis (Réunion) geboren, kam mit vier Jahren nach Deutschland. Er studierte Medizin, Philosophie, Geschichte und Musikwissenschaften in Hamburg, Paris, Mainz und Köln. Seit 1992 lebt Pascal-David Dombeaux als Autor und freier Schriftsteller in Köln.

editionHIC<

Marcellus M. Menke
Zwischenbuch
Gedichte, Grafiken und Buchtitel
Durchgesehen und neu zusammengestellt auf
der Basis der Erstausgabe von 2005
Köln 2017
ISBN: 9783744812580

Le Tschen
Wie man die Radioaktivität überlebt
Siebenunddreißig mikroskopische Erzählungen
in drei Büchern
Aus dem Japanischen von Masahiro Miyamoto
Mit Nachworten von Marcellus M. Menke
Köln 2015
ISBN: 9783734791277

Masahiro Miyamoto
Wie ein stilles Meer
Roman
Edition Preview First
Köln, New York, Tokio
ISBN: 978-3-7322-8243-2

BÜCHER
die es erst in der Zukunft geben wird

Es gibt Bücher, die gibt es, aber sie sind noch nicht geschrieben. Auf den Internetseiten der Buchmanufaktur finden sich alle diese Bücher. Es gibt den Titel, den Autor und einen Klappentext. Und dann gibt es den Leser. Ihn spricht eines dieser Bücher an. Dieses Buch wird geschrieben, wenn ein Leser es lesen will.

Book written on Demand
www.buchmanufaktur.m4art.de

Edition HIC<